EXTRAIT DE L'HISTOIRE DES VILLES DE FRANCE

Publiée par Furne, Perrotin, H. Fournier

SOUS LA DIRECTION DE M. ARISTIDE GUILBERT

PONTARLIER

PAR X. MARMIER

PARIS

IMPRIMERIE CLAYE, TAILLEFER ET Cᵉ

RUE SAINT-BENOIT, 7.

—

1846

PONTARLIER.

Quand on va de Besançon en Suisse, par la route de Lausanne, après avoir gravi les hautes et froides sommités de Lavrine, où l'été le paysan laborieux ne récolte dans ses champs, comme dans les régions du Nord, que des gerbes d'orge et d'avoine, où l'hiver, des amas de neige arrêtent souvent voitures et chevaux, on descend dans une vaste campagne d'un terrain pierreux, d'un aspect monotone, entrecoupée çà et là par quelques collines et animée par quelques villages. Puis on traverse la petite rivière dormeuse du Drugeon et l'on entre au milieu d'une magnifique allée d'arbres qui, de chaque côté, étendent sur la route leurs rameaux centenaires.

A l'extrémité de cette allée royale, apparaît un large et majestueux clocher avec un balcon circulaire, sur lequel chaque nuit veille un gardien qui crie les heures comme dans les cités suisses. Autour de cette vénérable tour de la vieille église de Saint-Bénigne, que tous les habitants du pays saluent avec respect, s'étend, à droite et à gauche, l'une des plus anciennes villes de la Comté, l'une des plus remarquables par l'histoire de ses institutions, la jolie ville de Pontarlier. Un long faubourg la précède, faubourg curieux à étudier par le labeur qui l'occupe et l'industrie locale dont il est la plus vivante image. Ici, des ateliers de forgerons, de charrons, de selliers : là, les longues galeries en bois des tanneurs, les scieries de planches et les moulins, puis dans les cours, sous les remises, à la porte de chaque auberge, des centaines de voitures de granvalliers ; celles-ci chargées de vins du Jura, celles-là d'étoffes de Lyon ou de denrées coloniales ; d'autres, de tonnes de fromages de Gruyère ou de longues poutres de sapin qui bientôt formeront le faîte d'un édifice ou vogueront sur les mers dans la charpente d'un vaisseau. Il n'est personne qui ne connaisse, pour les avoir rencontrés plusieurs fois sur les grandes routes, ces hommes au tempérament de fer qui, en toute saison, par la pluie et la neige, s'en vont pas à pas, avec leur blouse et leurs gros souliers, en tête d'une demi-douzaine de voitures, d'une des extrémités du royaume à l'autre. Non moins intelligents qu'infatigables, ils remplacent encore sur plusieurs points les canaux et les chemins de fer. Ils relient, par la sécurité de leurs transports, le Rhône au Rhin, l'Océan à la Méditerranée, les grandes villes de France aux grandes villes de Suisse et d'Allemagne. On les a vus, dans les temps de guerre, servir nos armées plus efficacement que les con-

1

vois du train. Dans la terrible campagne de Russie, de tous les conducteurs de voitures mis en réquisition, ils furent les seuls qui s'avancèrent jusqu'à Wilna.

Mais nous voici devant une porte construite comme un arc de triomphe; au delà de cette porte se déroule, dans toute son étendue, la grande rue de Pontarlier, élégamment construite, large et droite, traversée d'un côté par les flots du Doubs et entourée par une enceinte de vertes collines, au-dessus desquelles s'élèvent, dans leur austère majesté, les pentes ondulantes et les cimes nuageuses de l'Armont. Rien de plus riant et de plus pittoresque que cette belle large rue si propre et si coquette qui, d'un côté, touche à cette porte triomphale qui a remplacé ses anciens remparts, et de l'autre, à ces imposants boulevards de la nature, à ces escarpements des chaînes du Jura. La hauteur de Pontarlier à huit cent vingt-huit mètres au-dessus du niveau de la mer et le voisinage des montagnes donnent à cette ville, selon les diverses saisons de l'année, une variété de couleur, de mouvement, qu'on ne trouve point dans d'autres situations.

L'hiver, quand l'Armont et les collines qui s'y rejoignent, et les sapins qui les parsèment, et les toits des maisons et les sentiers de la plaine et des coteaux sont couverts de neige, quand par un jour paisible le soleil se lève sur un ciel azuré, toutes ces immenses nappes blanches reluisent à ses rayons comme des lames d'argent, se revêtent de teintes de pourpre, et çà et là brillent comme le saphir, étincellent comme le diamant. Alors les légers traîneaux glissent et volent sur les chemins durcis par le froid, polis comme le cristal. Mais voilà que les nuages noirs s'amoncellent à l'horizon; un voile épais et sombre s'étend à la surface du ciel, une obscurité profonde enveloppe tout à coup la plaine et la montagne. La neige tombe silencieusement à flots serrés et continus, s'entasse sur les toits, barricade les chemins. Puis l'ouragan éclate en rugissements terribles, enlève cette neige en tourbillons flottants comme le simoun enlève les sables du désert, et tantôt la balaie dans son vol impétueux, et tantôt la lance contre les portes du chalet ou l'amasse en collines. A voir dans un de ces affreux moments la campagne agitée, bouleversée, on dirait une mer orageuse avec ses vagues mugissantes et ses abîmes. Alors on entend toutes sortes de bruits lugubres; les fenêtres crient sous l'effort du vent qui les ébranle; les hautes tiges des sapins se courbent en gémissant et s'entre-choquent avec fracas; les cloches vibrent d'un ton lamentable dans les églises. Au milieu de ces sons sinistres, les bonnes gens qui se rappellent les contes de leurs ancêtres croient entendre les douloureux soupirs de l'oiseau qu'on appelle le *pleureur* des bois, et prient pour les voyageurs. Malheur à ceux qui sont surpris en rase campagne par une telle nuit et par une telle tempête; la neige les aveugle, le tourbillon les égare, le vent les terrasse. En vain, ils essaient de suivre le chemin qu'ils ont suivi tant de fois et qu'ils connaissent si bien; il n'y a plus de trace de chemin, pas une étoile ne brille dans l'espace, pas une lampe ne projette une lumière assez forte pour les guider dans les ténèbres. Leur village est peut-être en face d'eux, et ils ne l'aperçoivent pas; leur demeure n'est peut-être qu'à quelques pas, et dans une espèce de vertige ils s'en éloignent pour s'égarer de côté et d'autre jusqu'à ce qu'enfin un secours providentiel les arrache à leur péril ou qu'ils tombent saisis par le froid et épuisés de lassitude. Peu d'hivers se passent sans qu'on ait à déplorer quelques-uns de ces accidents terribles et vraiment incroyables pour ceux qui n'ont point vu une de ces scènes désastreuses.

Aux premiers jours d'été, toute cette nature ensevelie sous son blanc linceul reverdit, refleurit comme par enchantement. De tout côté, de riants points de vue s'ouvrent aux regards et charment la pensée. C'est le chalet de la montagne avec ses laitières matinales et ses gras troupeaux ; la fraîche vallée où le ruisseau de cristal gazouille sous les dômes de sapins, dans son lit parfumé de menthe et tapissé de *vergissmeinnicht* ; ici, la fontaine ronde dont les jets intermittents ont souvent occupé les réflexions de la science, là les rocs escarpés du fort de Joux, plus loin le lac de Saint-Point et de Sainte-Marie, qui reflète dans son miroir d'azur les habitations rustiques de plusieurs villages et les murs austères d'une ancienne abbaye ; puis les sommités du Suchet, où l'on va au lever du soleil contempler un immense espace qui, d'une part s'étend jusqu'aux riches plaines de Dole, et de l'autre jusqu'aux flots du Léman. Partout, des traditions animent et vivifient les divers points de ce romantique paysage, traditions naïves et poétiques, héritage des temps antiques, de la mythologie séquanoise ou des pieuses croyances du moyen âge.

L'enfant des montagnes, attaché de cœur au seuil de la maison où il vit d'une vie si modeste, au sol qu'il cultive avec tant de peine, ne s'en éloigne qu'avec un profond regret. Si la conscription, ou quelque pensée aventureuse, ou un des élans héréditaires de ses ancêtres les Gaulois, dont le nom signifie *voyageur*, l'entraînent hors des limites du domaine paternel, il y laisse son cœur et ses affections, ses souvenirs les plus tendres, ses désirs les plus ardents. Dès qu'il a satisfait à la loi qui lui était imposée ou accompli le cours de ses pérégrinations, c'est là qu'il retourne tout naturellement, c'est là qu'il veut avoir son dernier gîte. Ses lèvres aspirent avec bonheur la brise fraîche de ses montagnes ; son âme se dilate à la vue de ses bois de sapins, et le paysan qui a porté l'uniforme de soldat dans les plus belles villes de France, s'écrie, en traversant le boulevart de la capitale de son arrondissement, en rentrant dans l'enceinte de Pontarlier :

> On ot biau verie, deverie,
> On ne voit ra d'té que Pontalie [1].

L'histoire de cette ville, si chère à tous ceux qui en ont connu la poétique beauté, est, dès ses premiers temps jusqu'à nos jours, étroitement liée à celle du comté de Bourgogne, qui formait autrefois la grande province des Séquanais : *Maxima Sequanorum provincia*. Nous n'essaierons pas de pénétrer dans les nuages qui voilent son origine, de dérouler un de ces tissus de récits merveilleux que tous les peuples placent comme des langes d'or autour de leur berceau. Les savants ont donné au nom de Pontarlier diverses étymologies. Selon Dunod, ce nom viendrait du mot *Pons* et *Ariarica*, altéré et abrégé [2] ; selon Gollut, de *Pont*

1.   On a beau tourner et tourner,
     On ne voit rien de tel que Pontarlier.

2. Bullet dit que le mot *Ariarice* s'applique parfaitement à Pontarlier, qui était autrefois entouré par le Doubs, et qui formait une double île : *Ar*, signifiant près ; *rio* ou *ria*, rivière ; et *ric*, partage.

à *Elie*, « pour cause, dit-il, du pont qu'Aélius Andrianus XV, empereur des Romains, y bastit », comme les doctes pensent [1] ; selon Droz, du mot celtique *Arelas*, qui signifie une ville bâtie sur un marais [2].

Quel que soit le plus ou moins de justesse de ces étymologies, elles indiquent au moins la vieille origine de Pontarlier : c'est, en effet, une ancienne ville. Nous savons qu'au temps de Trajan c'était l'une des stations de la grande voie romaine qui rejoignait les Gaules à l'Italie [3]. Puis des siècles se passent, pendant lesquels son nom disparaît dans le tumulte des guerres et des invasions. Le premier acte qui le rend à l'histoire est un acte religieux : Gontram, premier roi frank de Bourgogne, ayant réuni en une seule congrégation les abbayes d'Agaune (Saint-Maurice-en-Valais), de Saint-Bénigne de Dijon et de Saint-Marcel-lès-Châlon, il fallut former, entre ces trois communautés, plusieurs établissements, pour faciliter leurs relations, et donner un moyen assuré de repos aux religieux qui se rendaient de l'une à l'autre : Pontarlier fut un de ces établissements. L'abbé Apollinaire y fonda un prieuré et une église qui porta le nom de Saint-Bénigne, premier apôtre des Bourguignons.

Ainsi, dès le vi[e] siècle, Pontarlier était déjà un lieu notable. Les documents authentiques nous manquent, pour fixer la date et l'origine de deux autres paroisses, qui doit remonter assez haut, si l'on s'en rapporte aux termes d'une sentence de 1493 [4]. Mais les guerres, les irruptions des hordes étrangères, avides de pillage, devaient longtemps encore désoler, dévaster la Bourgogne, et Pontarlier, par sa situation sur une grande route, à l'entrée de la Suisse, ne devait point échapper à ces ravages. D'abord ce sont les Sarrazins, dont la conquête de l'Espagne n'avait pu assouvir la rapacité, et qui pendant trois ans (731, 732, 733) incendièrent et pillèrent les plus belles villes et les plus belles abbayes [5]. Puis, au xe siècle, arrivent les Hongrois [6], non moins terribles que les Maures. Puis, à peine ces invasions sont-elles arrêtées, à peine le pays commence-t-il à se reposer de ses angoisses et de ses souffrances, qu'il est de nouveau ébranlé par les dissensions civiles et les guerres féodales ; guerres des seigneurs jaloux l'un de l'autre, qui se disputent, les armes à la main, un titre, un territoire, ou qui se réunissent pour lutter contre un de leurs supérieurs. En 1294, ces petits rois des manoirs féodaux n'ayant pas voulu reconnaître l'autorité de Philippe-le-Bel, gardien du comté, au nom de Jeanne de Bourgogne, il s'ensuivit une guerre qui ne

---

1. Les Mémoires historiques de la république séquanoise. Ed. Bousson de Mairet, page 116.

2. Mémoires pour servir à l'histoire de la ville de Pontarlier, page 39.

3. Des observations que nous avons vérifiées pour la plupart il résulte, dit M. Bourgon, que la grande voie romaine d'Italie, dans les Gaules, passait par la Ferrière, Jougne, les Hôpitaux, la Combes, Pontarlier, la plaine du Doubs. (*Recherches historiques sur la ville de Pontarlier*, p. 7.)

4. Ab antiquissimo tempore hominum memoriam excedente, in loco de Ponteallia sunt tres nobiles parochiæ ad decus sancti Benigni, beatæ Mariæ et sancti Stephani, etc.

5. L'invasion des Sarrazins est attestée encore par la tradition qui a conservé en divers endroits ce nom redouté. Près de Pontarlier est le *camp Sarrazin* ; près de Morteau, *le hameau des Sarrazins* ; la route qui va des Hôpitaux aux Fourgs s'appelle *la route sarrazine*, et deux rocs qui s'élèvent dans le lac de Saint-Point portent le nom de *Pont sarrazin*.

6.   Hongres que Dieu puist maléir
                       Qui ont lor gent assemblé et porquis
                       Por prendre Gaule et gaster le païs.
                            (*Roman de Garin le Loherain.*)

dura pas moins de cinq ans, après quoi pourtant les seigneurs furent forcés de s'amender. Ils acceptèrent, en 1301, un traité par lequel ils s'engageaient à rétablir les châteaux d'Ornans et de Clerval, qu'ils avaient détruits, et l'Aule [1] (la salle des séances du conseil) de Pontarlier.

En 1336, nouvelle révolte des hauts barons. Cette fois, ils se plaignaient de la faveur un peu intéressée, il est vrai, que le duc de Bourgogne, Eudes IV, témoignait à leurs sujets, et des sauvegardes qu'il leur accordait sous le titre de *bourgeoisies du prince*. Pour des hommes habitués à régir despotiquement les habitants de leurs domaines, cette libéralité d'Eudes devenait fort inquiétante. Du moment qu'on avait obtenu ce titre imposant de bourgeois du prince, on acquérait par là un droit imprescriptible à la protection du souverain; on pouvait en appeler à lui des sentences de son juge immédiat, et se soustraire, par l'effet de ce puissant patronage, aux exactions, aux exigences de son seigneur. Un tel fait mérite une attention particulière. C'était un commencement de réforme dans le régime du servage, un anneau qui se brisait dans la chaîne de la féodalité. Les seigneurs ne pouvaient accepter débonnairement cette violation d'un état de choses qu'ils considéraient comme un de leurs droits, et dont ils usaient comme d'une fortune inaliénable. Ils prirent les armes, attaquèrent les villes, qui, dans une pareille cause, se rangeaient tout naturellement du côté du duc de Bourgogne. Pontarlier et Salins étaient du nombre, et Pontarlier et Salins furent brûlés [2]. Après quelques expéditions plus ou moins heureuses, les adversaires du prince furent battus dans une des plaines voisines de Besançon et obligés de capituler. La petite suzeraineté tombait et s'effaçait peu à peu devant le pouvoir toujours croissant des grands vassaux, qui à leur tour devaient bientôt courber la tête sous le sceptre de la monarchie, sous le réseau astucieux, sous l'implacable main de Louis XI.

Pontarlier subit le contre-coup des longues luttes du roi de France et de Charles-le-Téméraire. Louis XI qui, comme on le sait, combattait avec sa diplomatie plus qu'avec ses armes, Louis XI, dit le naïf Gollut, « qui ne dormoit en guerre, sinon d'un œil, et en paix avoit, voire au sommeil, les deux yeux ouverts, retira le duc de Lorraine de l'alliance du duc de Bourgogne et lui persuada l'entreprise sur les pays de celui-ci. D'autre part, il traita avec le duc Sigismond d'Autriche et avec les Suisses pour les amener à la ruine de ce prince ». Les Suisses s'élancèrent vers le comté de Bourgogne en entonnant un de ces chants de guerre qu'ils devaient bientôt faire résonner en triomphe sur les champs de bataille de Granson et de Morat [3]. Dans les premiers jours d'avril 1474, ils

---

1. Du mot latin *aula* qui se retrouve dans toutes les anciennes langues germaniques et dans la désignation du paradis scandinave *Vallallah*.

2.   Fust ars Salins puis Pontallie
       Et faicte grande destruction
       En toute cette région.

3. *Ein lied von der sache wegen Pontarlier*, 1474. Ce chant de guerre cité par J. de Müller, et extrait d'une chronique manuscrite de Berne, par le savant éditeur de l'*Eidgenœssische Lieder-Chronik*, commence comme une idylle : « L'hiver a été si long pour les pauvres oiseaux attristés, qu'il est doux à présent d'entendre un chant joyeux retentir sur tous les rameaux verts des bois.

« Dès que la forêt fut couverte de feuillage et la terre d'un frais gazon, des hommes en grand nombre, des hommes braves sortirent de leur demeure. »

Après ce riant début, le chantre des combats helvétiques reprend son accent de soldat et s'écrie :

s'avancent vers Pontarlier, s'en emparent après un combat opiniâtre, pillent la ville et le château. Forcés de se retirer devant les troupes de Louis de Châlon et les troupes bourguignonnes qui s'étaient rassemblées à la Rivière, ils n'abandonnent le pays qu'en incendiant tous les villages qu'ils traversent.

Grâce à son industrie, à son commerce, au produit de ses bois que Guillaume-le-Breton signalait déjà dans l'énumération des cohortes qui assistaient à la mémorable journée de Bouvines [1], Pontarlier se releva de tous ces désastres et reprit sa mâle attitude. En 1588, Gollut la décrit ainsi : « La ville est couchée sur l'extendue d'une campagne large et bien spacieusement ouverte, ceinte de bones murailles flanquées de bones tours, bien persées, et de deux boulcverts assés puissans pour attendre l'ennemy, marchant sans l'équipage de baterie roïale, et qui répondent aux deux principales advenues de la ville ; oultre lesquels sont principalement quatre tours plus puissantes que les autres pour couvrir les entrées de la ville, et une principalement qui est garde dudict pont, fabriquée depuis quelques années, magnifiquement et qui donne le passage à une campagne de quatre ou cinq lieues appelée la Chaux d'Elié. Et de ceste tour est l'armoirie, comme l'on dict de la ville, à *une tour et pont d'argent, massonés de sable en champ de gueulle*, combien que je scay que les meilleurs villes de ce païs, mesmement Besançon et Dôle, hont porté par bien long tems la tour pour armoirie. La dicte tour semble fort antique, et qui à l'environ hat caché plusieurs antiques et médailles treuvées depuis vint ans en ça. Elle a deux paroisses, un hospital fondé par la maison de Joux, un monastère d'Augustins, presque toutes les maisons bien basties, vint ou vint-deux villages retrahans et subjects aux guets, gardes et menus imposements ; un siége du bailliage d'Aval, duquel ressortissent des villages, des abbaïes, des prieurés et deux fauxbourgs. » [2]

Il n'existe dans les annales de Pontarlier aucune trace de mainmorte générale [3]. « Bâtie, dit M. Droz, dans les gorges du Mont-Jura longtemps avant qu'on y ait connu la mainmorte, elle a joui dans tous les temps de la franchise la plus parfaite. Les comtes de Bourgogne étaient bien ses souverains, et elle admettait parfaitement leur titre de souveraineté, cependant ces princes n'exerçaient sur elle que les droits de justice et non point les droits seigneuriaux. On ne voit pas même que pendant plusieurs siècles, elle ait eu aucun seigneur, mais seulement un protecteur [4]. » Ses protecteurs furent d'abord les sires de Salins, puis les sires

« Ces hommes s'en vont par monts et par vaux pour faire une guerre dont le duc de Bourgogne ne rira pas.

« Quand la danse guerrière commença devant Pontarlier avec des coups d'arquebuses, des soupirs et des gémissements, ah ! combien de femmes furent bientôt obligées de prendre le vêtement de deuil du veuvage ! »

1.   Et Poutarlicios abies quos plurima ditat
               Fauce Jugi positos ubi Duber suscipit ortum.

« Et les gens de Pontarlier, qu'enrichissent de nombreux sapins, ces gens qui occupent les gorges de Joux où le Doubs prend sa source. »

2. Les Mémoires historiques de la république séquanoise. Ed. Busson de Mairet. page 39.

3. Il en était de même dans les villages environnants. Il est dit dans une charte de Henri de Joux de 1324 : « Les habitants de la Cluse et de la chapelle Mijoux sont et doivent être, et toujours ont été francs, et quittes de la mainmorte, de toutes tailles, prises, charrois, charriage, corvées, avoineries, de tous débats réels et personnels.

4. Mémoires pour servir à l'histoire de Pontarlier, page 39,

de Joux. C'étaient eux qui conduisaient à la guerre la milice de Pontarlier, mais leurs droits étaient extrèmement restreints, à en juger par une charte de la chambre des comptes qui porte : « Le dit Amaris de Joux ne doit mener cex des Pontellie en ost ne en chevauchie fort que à fortré et en telle manière qui puisse repartir tel jour mesme avec jument chacun en son hôtel. » On trouve dans les chartes du moyen âge, plusieurs priviléges de cette nature, mais pour Pontarlier ce n'était point un privilége acheté à prix d'argent, ou bénévolement octroyé, c'était une condition que la ville imposait elle-même à ceux qu'elle nommait ses protecteurs. Il est dit encore dans la même charte : « Que le dit Amarris de Joux ne doit habergier au baroichage de Pontaillée ha si non hoys les barons de Pontaillée ; qu'il ne peut ou doit baner ne les bois ou les vignes, ne que la pêcherie ; qu'il ne peut mettre ban à Pontaillée, se n'est par le consentement des chevaliers et barons de Pontaillée. »

« Le seigneur de Joux, comme le remarque M. Droz, n'avait donc à Pontarlier aucun droit que par l'agrément des autres habitants ; le territoire ne lui appartenait point puisqu'il ne pouvait y habergier, c'est-à-dire, acenser, sans le consentement des barons-bourgeois. Il n'avait ni la chasse, ni la pêche, ni les bois, ni le cours des eaux, puisqu'il ne pouvait les banner, c'est-à-dire restreindre ou modifier l'usage des habitants de Pontarlier. Pourquoi cela, c'est que sa qualité de protecteur et chef ne lui donnait que sa voix dans la commune, l'ost et la chevauchée n'étant autre chose qu'une conséquence de la protection, garde et avouerie de la ville. » [1]

Les villages répandus autour de la ville jouissaient, comme nous l'avons dit, des mêmes franchises, participaient aux mêmes droits, et formaient ce qu'on appelait le *baroichage* de Pontarlier. Quiconque défrichait un terrain devenait légitime possesseur de ce terrain. Partout la propriété allodiale, nulle part la moindre trace de servitude, ou de mainmorte. N'est-ce pas un phénomène singulier, un phénomène unique peut-être dans les annales de la France que l'existence de cette petite république des montagnes, de cette commune qui a eu sa libre constitution, bien longtemps avant qu'il fût question des républiques de Flandres et d'Italie, des communes affranchies et des municipalités de France, qui, pendant de longs siècles, à travers les désastres qu'elle a eu à subir, au milieu du régime féodal qui l'entoure de toute part. a su conserver ses franchises primitives, son organisation de libre commune. Qu'il nous soit permis d'entrer à ce sujet dans quelques détails. L'espace qui nous est accordé dans cette histoire universelle des villes de France nous oblige à la brièveté, mais nous ne pouvons abandonner si vite une question si curieuse, jusqu'à présent si peu connue, malgré les excellentes études de MM. Dunod, Droz et Bourgon. La population des villages compris dans la communauté du baroichage jouissait des mêmes droits de cité que ses habitants et s'associait aux mêmes charges [2]. Elle élisait deux des quatre échevins et des quatre jurés qui administraient la ville, et payait sa part des frais ordinaires et extraordinaires : frais de voyages

1. *Mémoires*, page 40.
2. Le territoire de Pontarlier était fort étendu, et son baroichage se composait de vingt villages, dont plusieurs sont aujourd'hui d'importantes communes. M. Bourgon en a dressé la carte.

aux États du comté de Bourgogne où Pontarlier occupait le septième rang; frais de réception des ambassadeurs, honoraires des prédicateurs, dépenses des procès, salaire des joueurs de farces et de moralités.

Les bourgeois de Pontarlier portaient le titre de *barons*, synonyme d'*ingenuus*. Quelle que fût leur origine, descendants des anciens propriétaires gallo-romains, ou des soldats bourguignons qui gardaient les défilés du Jura, ils avaient les priviléges de la noblesse, ils pouvaient posséder des fiefs, porter des armoiries et tenaient en franchise les terres concédées, en 456, aux milices bourguignonnes, à la condition de remplir les obligations du service militaire. L'ancienne division de la ville en deux bourgs (bourg de Pontarlier, et bourg de Morieux), qui subsistait encore à la fin du XIVe siècle, est un indice vraisemblable de l'organisation de ce service [1]. « Les hommes libres, dit M. Droz, divisés par centaine sous le commandement d'un officier dès l'établissement des peuples du Nord dans les Gaules, formaient ce qu'on appelait un bourg. Ne peut-on pas conclure de là qu'il y avait à Pontarlier deux cents soldats libres à la réserve du service militaire [2]? » Outre la bourgeoisie indigène, il y avait à Pontarlier une autre classe de citoyens, désignée sous le nom de *bourgeoisie annale* qui, en payant un droit qu'on appelait *habitange*, participait comme les autres bourgeois aux biens communs.

Nous n'avons point de documents précis sur les anciennes formes juridiques et administratives de Pontarlier. Primitivement, la haute justice était exercée au nom du souverain par le châtelain. Les sires de Salins, puis les sires de Joux, en devenant protecteurs de la ville, eurent leur part d'action dans la justice communale, laquelle se composait du prévôt, qui était leur lieutenant, et d'un certain nombre de bourgeois. Au XVe siècle, les sires de Joux perdirent le droit qu'ils exerçaient dans cette juridiction; plus tard, l'office de la châtellenie et celui de la prévôté furent réunis à la mairie. Des lois évidemment issues du code primitif d'une tribu grossière subsistèrent longtemps parmi les descendants des soldats bourguignons. Elles sont écrites dans le Coutumier d'une des circonscriptions de l'arrondissement de Pontarlier, et désigné sous le nom de *Val-de-Saugeois* [3]. Nous en citerons quelques-unes des plus caractéristiques. Par l'article 82 de ce Coutumier, la peine du sang *fait hors conduit*, c'est-à-dire d'une blessure, est taxée soixante sols; le sang fait par conduit trois sols. Par l'article 99, tirer coustel, lance, épée ou autre glaive contre quelqu'un, sans même le frapper, était un crime taxé soixante sols. Les injures verbales étaient, selon leur nature, punies d'une amende de trois à soixante sols. Selon les règlements du bourg de la Rivière, pour avoir tiré les cheveux à deux mains, on payait dix sols; pour une maison violée, soixante sols; pour un coup de poing ou de paume, trois sols; pour un cas de fornication prouvé, soixante sols; pour le déni d'une dette, ou le retard à acquitter une promesse assermentée, soixante sols.

---

1. Cette division subsistait encore à la fin du XIVe siècle.
2. *Mémoires*, page 33.
3. M. V. Loiseau, juge de paix à Pontarlier, qui a consacré une partie de son honorable existence à recueillir une foule de chartes et de pièces officielles relatives à l'histoire de son pays natal, possède, entre autres documents précieux, une ancienne copie de ce coutumier que nous espérons voir publier dans le recueil des Mémoires de l'académie de Besançon.

Après les réformes introduites dans la prévôté et la châtellenie, la ville et le baroichage de Pontarlier étaient, en 1571, régis par une magistrature élective, composée du *maïeur* [1], de quatre échevins, de huit conseillers qui, à l'époque du renouvellement des charges, s'adjoignaient, pour former le corps électoral, seize notables. Les électeurs, après avoir juré sur les saints Évangiles de n'obéir qu'à leur conscience, de n'apporter dans leur choix que le sentiment du bien public, nommaient le maïeur et les conseillers. Quatre conseillers étaient appelés aux fonctions d'échevins, et les échevins qu'ils remplaçaient rentraient dans le conseil. L'installation des nouveaux magistrats se faisait en grande pompe : après la messe du Saint-Esprit célébrée dans l'église paroissiale, le maïeur s'avançait vers l'autel, et, sur le corps de Jésus-Christ, promettait « de bien loyalement et féalement faire et administrer justice, tant aux grands que petits, en gardant les droitures et prééminences de la majesté du roi, comme aussi le droit des parties, veuves et orphelins en son pouvoir, de maintenir et défendre les priviléges, libertés et franchises de la ville ; de ne consentir à aucune aliénation ou hypothèque du domaine ou droiture d'icelle, sans délibération de tout le corps, et de faire tout ce qu'un bon et loyal maïeur peut et doit faire pour le profit et utilité de la ville. »

L'établissement du bailliage avait déjà modifié les attributions judiciaires des magistrats. Il n'y avait, d'abord, dans le comté de Bourgogne qu'un grand bailli, qui devait à la fois commander les armées et rendre la justice au nom du souverain ; Philippe-le-Hardi en établit deux : celui d'Amont et celui d'Aval. Pontarlier était dans le ressort de ce dernier. Les fonctions militaires furent séparées des fonctions judiciaires, et les baillis eurent un représentant dans chaque ville. On en appelait de cette juridiction au conseil du prince ou au parlement.

Pontarlier qui représentait à l'État du duché de Bourgogne vingt villages, vécut, jusqu'au XVIe siècle, en assez bonne intelligence avec ses communautés champêtres. Dans les temps de trouble, leurs habitants avaient le droit de se retirer dans l'enceinte de la ville ; d'y amener leur bétail et leur mobilier, ce qui leur avait aussi fait donner le nom de *retrahants*. Ils s'applaudissaient alors d'une association qui leur offrait un salutaire appui, et acquittaient fidèlement leurs contributions. La guerre et les invasions cessant, ils oublièrent les secours qu'ils avaient trouvés à Pontarlier dans les moments de crise, les avantages attachés à leur confédération. A mesure que le souvenir du passé s'éteignait dans leur esprit, ils calculaient avec amertume le chiffre des impôts, et ne comprenaient plus la nécessité de les payer. L'histoire des passions humaines est partout la même, et pour celui qui veut en faire l'étude psychologique, les annales d'un petit peuple ne sont pas moins instructives que celles d'un grand empire. Les retrahants, résolus à s'affranchir d'un pacte qu'ils regardaient comme une servitude, et ne pouvant essayer de rompre de vive force ce pacte héréditaire, eurent recours aux tribunaux. Ils exposèrent au parlement de Dole, qu'ils ne formaient point avec Pontarlier un même corps de commune, qu'ils avaient leur territoire, leurs *finages* distincts, leur organisation particulière, que par conséquent on ne devait

---

4. De l'ancien mot celtique *Mayr*, c'est-à-dire chef ou prince de la ville. Gollut, page 23.

pas exiger qu'ils contribuassent aux dépenses que la ville avait à faire pour son propre compte, à la rémunération des prédicateurs pendant le carême, au salaire des joueurs de farces et de moralités, aux frais de voyage des échevins à Dôle. En 1537, le parlement admit une partie de leurs réclamations, diminua de moitié leurs contributions, et, par le même traité, les habitants du baroichage furent dispensés de se rendre aux élections de Pontarlier.

Un siècle plus tard, les pauvres retrahants auraient acheté bien cher le privilége d'un asile, et d'un asile plus fort que les boulevarts de Pontarlier. L'Europe était en proie aux agitations de cette désastreuse guerre de trente ans, qui de son principe religieux aboutissait à une grande lutte politique. D'une part, l'empereur d'Autriche, le roi de Hongrie et le roi d'Espagne qui, par suite du mariage de la princesse Marie avec l'archiduc Maximilien, était devenu souverain de la Franche-Comté; de l'autre, les puissantes cohortes de Suède, veuves de leur glorieux Gus- tave-Adolphe, mais commandées en partie par le duc Bernard de Weimar, et dirigées par l'habile Oxenstiern, auquel s'associait le cardinal de Richelieu pour combattre et abaisser la puissance de l'Autriche. Le duc Bernard s'était engagé à entretenir dix-huit mille hommes, pour faire la guerre à l'Empire et à ses alliés, de concert avec la France. En 1637, il entre en Franche-Comté, pille, ravage tout le territoire qu'il traverse. Il y revient, en 1638, pour y établir ses quartiers d'hiver, s'empare de Morteau, malgré la courageuse défense des habitants[1], puis vient mettre le siége devant Pontarlier. Le 19 janvier, il somma la place de se rendre, déclarant que, si elle résistait, il savait ce qu'il aurait à faire. M. de Saint-Mauris, qui la commandait, répondit « que le roi lui avoit mis cette place en mains pour en faire garde et en rendre compte, et que, pour lui, il sçavoit aussi ce qu'il auroit à faire[2]. » Alors la ville fut cernée par les ennemis, des mines furent creusées sur plusieurs points. Les habitants, après avoir vaillamment soutenu plusieurs assauts, voyant leurs remparts ouverts, leurs faubourgs incendiés, le peu de mu- nitions qui leur restait, et pas un moyen de secours, furent obligés enfin de re- noncer à une défense inutile. La ville capitula à des conditions honorables; mais à peine le duc Bernard en avait-il pris possession, qu'il oublia les clauses du traité. Les bourgeois furent condamnés à payer une somme de soixante mille écus. Comme il leur était impossible d'acquitter une telle contribution, un grand nombre d'entre eux furent arrêtés, et mutilés; d'autres, brûlés. Une troupe de soldats forcenés courait dans les rues, pénétrait dans les maisons, les pillait, puis les incendiait. Cette invasion des Suédois[3] ressemblait aux barbares invasions du moyen âge. « On voyoit, dit un historien contemporain, Girardot de Nozeroy, on

1. C'était au mois de janvier. Les habitants de Morteau se précipitèrent dans la vallée qu'on appelle le *Pré du pont*, coupèrent la glace au-dessus et au-dessous du pont du Doubs et s'en firent une barricade. Pendant qu'ils défendaient ce poste avec acharnement, une partie des troupes wei- mariennes, se détachant des flancs de l'armée, traversa la rivière à l'endroit où la glace n'avait pas été entamée et entra à Morteau. Mais la ville se souvint de ceux qui avaient si vaillamment com- battu pour sa sauvegarde. Une messe fut fondée en commémoration de leur courage. On l'appelait *la messe des occis du Pré du pont*. Elle fut célébrée, chaque année, jusqu'à la révolution de 1789. (Ed. et Ch. Wuillemin, *le Prieuré de Morteau*, page 217.)

2. Droz, *Mémoires*, page 130.

3. C'est ainsi qu'on désigne en Franche-Comté les troupes du duc Bernard, bien qu'elles fussent presque en entier composées de soldats allemands.

voyoit depuis Saint-Asne, chaque jour, fumées en divers lieux, et la nuict, les feux des villages bruslans donnaient lueur; et en cette sorte furent consummez plusieurs centaines de beaux et grands villages et plusieurs maisons de gens de condition qui ne nuysoient en rien à Weymar ni à la France; et paroissoit assez que c'estoit en haine contre les catholiques bourguignons qui transportoit Weymar, ou le commandant de Richelieu, qui vouloit extirper les Bourguignons. Mais l'action la plus cruelle fut l'horrible incendie de la ville de Pontarlier [1]. »

« On ne peut, dit M. Dunod, exprimer les maux que le comté de Bourgogne souffrit pendant trois ans. Les paysans, qui avaient abandonné la culture des terres et s'étaient jetés dans les forêts, couraient indifféremment sur l'ami et sur l'ennemi pour avoir de quoi vivre. La peste, qui commença à Dole, en 1636, s'étendit dans tout le pays et se fit sentir en quelques endroits, pendant plus de dix ans. La famine suivit l'abandon des terres, et ces deux fléaux enlevèrent à la province la plus grande partie de ses habitants. »

Dans une supplique adressée, en 1650, par les Pontissaliens au roi d'Espagne, pour obtenir de lui les moyens de rebâtir leur ville, il est dit que Pontarlier était obéré de plus de deux cent mille livres; que les murailles étaient en brèche, en plus de cinquante endroits, et que la plus grande partie de la bourgeoisie avait péri par la cruauté des Weimariens, par la peste et la famine, etc. A peine la malheureuse ville, délivrée des féroces légions allemandes, commençait-elle à se relever de ses revers, qu'elle fut ravagée par de nouvelles catastrophes. Dans l'espace de vingt-quatre ans (de 1656 à 1680), trois fois elle fut désolée, abîmée par des incendies qui s'étendaient d'une de ses extrémités à l'autre. Dans celui de 1675 et de 1680, elle se voua à la sainte Vierge, et soudain une pluie abondante éteignit les flammes. En commémoration de ce miraculeux événement, on fit faire un tableau que quatre députés portèrent au couvent d'Einsiedlen, et l'on annexa à l'église Saint-Bénigne une chapelle dédiée à Notre-Dame. C'est, du reste, à ces incendies que Pontarlier doit cette régularité, cette élégance de construction, qui la classent parmi les plus jolies villes de France.

Associée depuis les plus anciens temps aux destinées de la Franche-Comté, Pontarlier a été, avec cette province, réunie par le traité de Nimègue au royaume de France, et comme elle envahie, rançonnée en 1813 et 1815. La paix a depuis longtemps effacé les traces de ces dernières invasions. Pontarlier est aujourd'hui le chef-lieu d'un arrondissement dont le territoire s'étend des frontières de la Suisse jusqu'aux berceaux de fleurs des fécondes vallées de Mouthier et qui, dans ses chaînes de montagnes, dans ses vertes prairies, offre au voyageur les beautés pittoresques les plus grandioses, les scènes les plus riantes et l'attrayant aspect d'une population laborieuse, industrieuse, à l'âme fière, au cœur honnête. Depuis sa réunion à la France, la prospérité de la ville n'a fait que s'accroître. Elle ne comptait, à la fin du xviie siècle, que 2,850 habitants, elle en renferme de notre temps plus de 5,000; c'est le dixième environ de la population de l'arrondissement, qu'on évalue à 50,750 âmes. Les anciens remparts de Pontarlier ont été convertis en promenades, ses fossés en jardins.

---

1. Ed.-J. Crestin, *Histoire de dix ans*, page 238.

L'arbre à fruits, la plante potagère, la rose et le liseron étalent à présent leurs
fraîches couleurs au pied de ces murs jadis hérissés de piques et de pertuisanes.
Les descendants des barons bourgeois ne font plus le guet sur les créneaux.
L'agriculture, le commerce, l'étude, occupent leur activité ; les douces jouis-
sances d'un paisible bien–être égaient leur vie, et ceux à qui elles ne suffiraient
pas ont pour se récréer le mouvement des affaires publiques. En perdant leurs
anciennes libertés, ils ont reçu les libertés du gouvernement parlementaire, ce
qui est bien une autre joie. Il ne s'agit plus de convoquer, dans la ville et dans la
banlieue, une ou deux douzaines de notables pour élire tout simplement un
mayeur et quatre échevins. Aujourd'hui ce sont des centaines d'hommes investis
de ce privilége électoral, appelés à nommer des officiers de la garde nationale,
des conseillers municipaux, des maires et des adjoints, des membres du conseil
d'arrondissement et du conseil général, et de plus un député. Voilà ce qui donne
des émotions, voilà ce qui prouve que la ville des barons bourgeois, avec ses
franchises, n'était qu'une pauvre ville comparée à celle qui est devenue un tel
centre d'action.

Les guerres de la République et de l'Empire ont démontré que, dans le cours de
leur existence pacifique, les habitants de ce pays n'ont point renoncé aux belli-
queuses vertus de leurs aïeux. De 1789 à 1815, l'arrondissement de Pontarlier a
donné à nos armées sept colonels, quatre maréchaux de camp, quatre lieutenants-
généraux ; *Michaud*, qui fut gouverneur de Magdebourg et de Berlin ; d'*Arçon*,
l'inventeur des batteries flottantes ; *Vionnet des Longevilles*, qui le premier entra
dans le fort Saint-Elme, sous le feu des batteries de Naples ; et *Morand*, dont les
mamelouks d'Égypte, les légions d'Allemagne et les escadrons de cosaques ont
connu le courage. Les lettres, les sciences, le clergé, ont donné à cet arrondissement d'autres illustrations. Nous citerons, entre autres : le bénédictin *Frai-
chot de Morteau* ; le savant *Boissard* ; l'illustre jurisconsulte *Loiseau* ; le mécanicien
Loriot.

Autour de Pontarlier s'élèvent plusieurs villages dont il serait intéressant de
recueillir les légendes et de rechercher l'origine. Ici, c'est Montbenoît avec son
ancien cloître et son église solennelle, dont on ne se lasse pas de voir les arceaux
imposants et les stalles superbes [1]. Là c'est l'abbaye de Sainte-Marie construite,
au xiie siècle, sur une terre inculte [2], au milieu des sombres sapins, enrichie par
plusieurs seigneurs et choisie pour sépulture par les princes de Châlon. Plus
loin, l'actif et industrieux village de Mouthe, qui peu à peu grandit sur le sol
hérissé de forêts sauvages, où saint Simon de Crépy, ce descendant des rois, avait
établi une communauté de religieux et donné lui-même l'exemple du travail.
C'est le bourg de Rochejean, lequel, dans les anciens temps, eut aussi ses libertés
municipales, et qui, dans son ressort, comptait plusieurs villages affranchis de

---

1. Ces stalles sont couvertes d'arabesques et de différentes figures ciselées avec une admirable
habileté et représentant des scènes de la Bible ou quelques-unes de ces scènes grotesques enfantées
par l'étonnante imagination du moyen âge. »
2. Elle fut dotée par le sire de Salins Gaucher IV, à son retour de la Terre-Sainte. La mère de
Philibert de Châlon y fit placer cette épitaphe qu'elle destinait à son tombeau : « Ci-gît Philiberte
de Luxembourg, princesse d'Orange, mère de Philibert de Châlon. »

mainmorte [1]. Dans la vaste plaine désignée sous le nom de Chaux-d'Arlier, c'est la seigneurie de La Rivière, l'une des plus considérables de la maison de Châlon : elle renfermait des villages dont plusieurs chartes princières parlent dès le xie siècle [2]. Citons encore, au milieu des montagnes qu'on voit s'étendre vers la frontière, du côté de la Suisse, l'agreste village des Fourgs qui, avant la révolution de 1789, formait à lui seul une espèce de petite république, s'administrant, se jugeant elle-même, ne reconnaissant d'autre autorité que celle de ses magistrats municipaux, d'autre juridiction que celle des membres de sa confrérie; et l'imposant village de Jougne, l'ancienne *Junia* de César, disent les chroniques [3], protégée au moyen âge par trois forts, décorée, en 1422, du titre de *ville impériale*, aujourd'hui dépouillée de son ancienne puissance, mais dominant encore fièrement, du haut de ses bastions transformés en terrasses et en jardins, la longue et tortueuse vallée qui la sépare de la Suisse [4]. Plus près de Pontarlier, s'élève le fort de Joux, citadelle féodale d'une des plus anciennes maisons de la Franche-Comté [5], prison politique, rempart de la France ; il est bâti à l'entrée d'un étroit défilé, sur un roc escarpé dont les pentes de sable, entremêlées çà et là de quelques plantes sauvages, font ressortir, aux yeux du paysagiste, la sombre teinte de ses murs noircis par le temps : on ignore l'époque de sa fondation, mais sa situation sur la grande voie romaine donne tout lieu de croire que, dès les premiers siècles de notre histoire, il fut choisi pour point de défense. Les souverains de Franche-Comté en avaient compris l'importance et y attachaient un grand prix. Philippe-le-Bon imposa une contribution à ses sujets pour en faire l'acquisition, et Charles-Quint recommandait expressément à Philippe II de le réparer. En 1815, il faillit nous être enlevé par le roi de Prusse, qui demandait que le Doubs servît de ligne de démarcation entre la France et la confédération helvétique, et qui par là aurait eu cette forteresse, située sur la rive droite de la rivière. Les fermes instances du prince de Talleyrand nous la conservèrent. Elle domine à la fois la route de Neuf-

1. Le 22 janvier 1350, Jean de Châlon, Arlay II, « pour que le lieu appartenant à son châtel de Rochejean soit mieux habité, remit, sans s'en retenir aucune chose, les mains mortes aux peuples habitants de ladite châtellenie, voulant que succession eût lieu pour la manière qu'on a coutume de suivre sur un lieu non mainmortable. » (Loye, *Recherches historiques sur Rochejean.*)

2. Bonnevaux, Bouverans, Dompierre et Frasnes. M. Bourgon donne dans son Histoire de Pontarlier (page 296 et suivantes) de longs et intéressants détails sur ces communes.

3. « On tient, dit Gollut, que pour guette sur les Suisses, César bastit une ville qu'il nomma de son nom *Junia*, aujourd'hui Jougne, sur les monts de Joux. » (*Mémoires*, page 35.) Plus loin (page 115) il ajoute : « Contre le soleil levant se trouve la ville de Jougne, sur la croupe de la montagne qui se monstre aux païs de Vaux, tenus par messieurs de Berne (ville bastie par César, comme on dict) est assise sur le chemin ancien romain, et selon que ces vers incisés en une pierre de l'ecclise qui est hors des murailles le monstrent :

> Mons erat incultus, simul et deserta manebat
> Præda latrociuii, regio tota prius.
> Redificat tandem turres et mœnia Cæsar
> Hinc urbs ex illo Junia nomen habet,
> Quam numerosa colit plebs, nunc Mavortis alumna
> Subdita magnanimi Cæsaris imperio.

4. On évalue la population de Rochejean à 580 habitants et celle de La Rivière à 710. Les Fourgs en comptent 1170 et Jougne 1189.

5. Elle apparaît dans les annales de la province, dès le xie siècle, et elle s'éteignit dans la maison de Grammont.

châtel et celle de Lausanne; avec le fort que l'on construit sur la sommité qui lui fait face, elle formera, sur les thermopyles de nos montagnes, une barrière infranchissable. Les noms de quelques détenus, les plaintes des malheureux renfermés dans ce fort, lui ont donné une douloureuse illustration. Des prisonniers espagnols ont creusé dans son roc un puits profond, pareil au célèbre puits de la citadelle du Caire, qui porte le nom de Joseph. Dans un de ses caveaux une jeune et belle châtelaine mourut, dit-on, victime de la barbare jalousie de son époux. Sur ses murs on voit encore des noms tracés d'une main tremblante, dans l'angoisse d'une destinée sinistre. Des inscriptions révèlent les souffrances, le caractère des captifs; tantôt par une plainte amère, par un regret d'amour, tantôt par un cri énergique. L'une entre autres est remarquable par sa fière et noble expression; c'est celle d'un gentilhomme espagnol, Roman de Mendoza :

> Este fuerte fué el crisol
> En donde probo la Francia
> La paziencia y la constancia
> Del oficial español.
> Tan brillante como el sol
> La gloria sera de aquel
> Que a su dever ne fue infidel
> Que achi mucho padecio
> Y que sus males suffrio
> Por a su rey serle fiel [1].

Là fut enfermé dans les premiers écarts de sa bouillante jeunesse l'impétueux Mirabeau, dont nulle rigueur ne calmait l'effervescence, et qui de sa prison solitaire lançait à la fois des lettres galantes à sa maîtresse et des épigrammes contre les gens d'affaires de Pontarlier [2]. Là, mourut Toussaint-Louverture, près d'un large brasier qui ne pouvait lui rendre la chaleur de son beau ciel de Saint-Domingue. Là, pendant plusieurs mois, languit le poëte H. de Kleist dont Tieck lui-même a recueilli les œuvres, l'auteur du roman de *Michel Kolhaas* et du drame de *Catherine de Heilbronn* justement appréciés en Allemagne. Son crime était d'avoir cru servir la cause de son pays en outrageant la gloire de Napoléon. Arrêté par la police de l'empereur, conduit d'abord à Châlon, puis au fort de Joux, c'est dans la sombre enceinte de cette citadelle qu'il engendra peut-être les germes de cette mélancolie maladive, de cette espèce de consomption d'esprit qui devait plus tard le conduire au suicide.

Grâce au ciel, le temps de ces rigueurs politiques est passé. Les vétérans qui occupent le fort de Joux n'ont plus de prisonniers à garder, et les étrangers peuvent y entrer sans crainte d'entendre résonner à leurs oreilles le bruit des chaînes et les lamentations d'un proscrit. Du haut de ses cimes pyramidales, ils n'auront sous les yeux qu'un magnifique spectacle, le spectacle des montagnes agrestes, des vallées animées par les travaux de l'industrie, des chalets et des hameaux étagés sur les flancs des collines, le splendide aspect d'un pays non moins varié,

---

1. Ce fort fut le creuset où la France éprouva la patience et la constance de l'officier espagnol. Elle brillera comme le soleil, la gloire de celui qui ne trahit pas son devoir, qui souffrit ici beaucoup, et qui supporta ses souffrances pour rester fidèle à son roi.
2. Mémoires à consulter pour M. le comte de Mirabeau, page 137.

non moins grandiose et charmant que la Suisse, et qui serait, comme la Suisse, visité par les touristes, étudié par les peintres, chanté par les poëtes, si nous ne nous croyions toujours obligés d'aller chercher au loin les beautés qui sont si près de nous. [1]

X. Marmier.

[1]. Dunod, *Histoire des Séquanais, des Bourguignons.* — Ed. Clerc, *Essai sur l'Histoire de la Franche-Comté.* — Gollut; *Mémoires historiques.* — Girardot de Noseroy, *Histoire de dix ans de la Franche-Comté* (1632-1642). Nouvelle édition, publiée par M. J. Crestin. Besançon, 1843. — Droz, *Mémoires pour servir à l'Histoire de Pontarlier.* — Bourgon, *Recherches historiques sur la ville et l'arrondissement de Pontarlier*, tome Ier. Pontarlier, 1841. — Loye, *Souvenirs historiques*, suivis d'*Annales sur le village de Rochejean.* — Le baron J.-L. d'Estavayer, *Histoire généalogique de la maison de Joux*, Mémoires inédits de l'académie de Besançon, t. III. — *Le Prieuré de Morteau, de l'an 1000 à 1793*, par Ed. et Ch. Willemin.—G. Colin, *Fondation du prieuré de Mouthe*, par Saint-Simon de Crépy, in-8°. Pontarlier, 1844.

(Extrait de l'*Histoire des Villes de France*, publiée par Furne, Perrotin, H. Fournier, sous la direction de M. Aristide Guilbert.)

Paris. — Imprimerie Claye, Taillefer et Cᵉ, successeurs de H. Fournier,
Rue Saint-Benoît, 7.

www.ingramcontent.com/pod-product-compliance
Lightning Source LLC
Chambersburg PA
CBHW061731180626
46818CB00006B/2553